KB192682

감사

감사
이대우 시집

초판 인쇄 2025년 03월 10일
초판 발행 2025년 03월 15일

지은이 이대우
펴낸이 신현운
펴낸곳 연인M&B
기 획 여인화
디자인 이희전
마케팅 박한동
홍 보 정연순
등 록 2000년 3월 7일 제2-3037호
주 소 05056 서울특별시 광진구 자양로 73(자양동 628-25) 동원빌딩 5층 601호
전 화 (02)455-3987 팩스 (02)3437-5975
홈주소 www.yeoninmb.co.kr
이메일 yeonin7@hanmail.net

값 12,000원

ⓒ 이대우 2025 Printed in Korea

ISBN 978-89-6253-597-6 03810

감사

이 대 우 시 집

모진 아픔과 인내함 속에서 빚어낸,
보석 같은 생명의 언어!

연인M&B

김성조 목사(CCM 작곡가, 뮤직프로듀서)

　최근에 저는 이대우 작가님의 삶의 스토리를 접하게 되었습니다. 지독하게 가난한 환경 속에서 사랑과 돌봄을 제대로 받지 못한 채 평생을 전신마비로, 죽음보다 강한 고통을 감내하면서 살아오셨더라고요. 나의 사역의 길에서 겪었던 고난들과는 비교조차 할 수 없는 큰 고통의 무게가 느껴졌습니다. 얼마나 힘들고 외로웠을까….

　하지만 그런 상황 속에서 예수님을 만나 인생의 터닝포인트가 이루어졌습니다. 이전에는 말도 할 수 없는 전신마비의 상태로 살아가는 삶이, 그에게는 견디기 힘든 고통이었고 절망이었습니다. 그런 탓에 그의 생각은 생명이 없는 언어들로 가득했습니다.

　하지만 예수님을 만나고 나서 그의 영혼은 하늘 소망으로 채워졌습니다. 그리고 비록 그의 몸은 장애로 묶였으나 그의 생각은 생명의 언어들로 채워져 그것이 시(詩)가 되고 노래(歌)가 되었습니다. 한마디로 소망 없던 사람이, 뭇 영혼들에게 희망을 주는 메신저가 된 것입니다.

　이번에 모진 아픔과 인내함 속에서 빚어낸, 보석 같은 생명의 언어들이 담긴 여섯 번째 시집이 출간됩니다. 그의 생명의 언어들이 뭇 사람들의 메마른 심령에 생명의 씨앗으로 심겨지기를 바랍니다.

| 추천사 |

최우정 교수(서울대학교 음악대학 작곡과)

이대우 시인을 20대 초반 처음 만난 이후로 지금까지 그는 저에게 형님입니다. 형님은 시인이라기보다는 시 자체입니다. 형님의 말과 몸짓은 음악이고 춤입니다. 아마도 하나님 보시기에는 가장 아름다운 예술이겠지요. 이번에 또 하나의 예술이 탄생했습니다. 보내주신 시편들을 쭉 읽었습니다.

많은 일들, 이쪽저쪽으로 갈라진 삶의 길, 그 사이사이 생긴 텅 빈 구멍들. 무엇으로 채울 것인가 고민하고 있던 저에게 형님은 말해줍니다. "날마다 시간마다 뭘 그리 찾는지"(〈인생은 빈 주머니〉), "세상 먼지 모아다 무엇에 쓰려는지"(〈소망 하나면〉), "하나님으로만 채울 수 있는 인생"(〈인생은 빈 주머니〉). 그리고 묻게 합니다. "주님과 함께 가는 길은 생명의 길, 지금 나는 그 길을 가고 있는가"(〈주님과 함께 가는 길은〉). 한 치의 오차도 없는 제시간에 형님을 통해 주시는 하나님의 말씀입니다.

세상이 어지럽습니다. 감당할 수 없는 정보의 홍수 속에 우리 영혼은 닻 내릴 곳을 잃어버렸습니다. 정처 없음이 너무 오래된 건 아닐까요? 오늘도 나의 걸음이 향하고 있는 곳은 어디인가요? 하나님의 사랑으로 빚어진 이 단순하고도 깊은 예술 안에 아마도 "영원한 생명이 기다리고"(〈좁은 문으로〉) 있을지도 모르겠습니다.

5

김창훈 한의사(천안시 재택의료센터장)

"그래도 산다는 것은 황홀한 소망"은 생후 3개월에 열병을 앓고 뇌성마비가 되어 평생을 재택에서 보내며, 그럼에도 불구하고 삶에 대한 깊은 애환과 열정을 담아낸 저자의 진솔한 고백이 가득한 책입니다. 이 책은 단순히 육체적인 한계와 장애를 넘어, 인간으로서 살아가는 의미와 가치를 진지하게 성찰하는 여정을 보여 줍니다.

저와 저자의 첫 만남은 올해 봄이었습니다. 한의사로 임상 20년이 넘어가는 저는 지역사회의 돌봄과 의료를 접목하고 지역사회에 보탬이 되고자 보건복지부의 공모를 통해서 천안시 재택의료센터를 담당하게 되었습니다. 한 분 한 분 대상자를 만나고 치료를 하는 어느 날 하루 종일 누워서 지내시는 저자와 처음 대면하게 됩니다. 첫 만남에서 어색하고 불편할 수 있지만 '미소와 웃음'으로 저희 의료진을 맞이해 주셨던 해맑은 눈빛을 지금도 잊지 못합니다.

저자는 이 책에서 자신의 경험을 통해 '삶'이라는 주제를 풀어 갑니다. 몸은 불편하지만 그 안에서 움트는 마음의 자유와 희망을 이야기하며, 수많은 역경을 극복하는 과정에서 발견한 인간의 진정성과 아름다움을 공유합니다. 이 책을 읽으면서 저는 비록 신체적으로 많은 제약을 받는 분이지만, 그의 내면에는 여전히 불굴의 의지와 삶을 사랑하는 마음이 존재한다는 것을 새삼 느꼈습니다.

저자와 같은 분들에게 필요한 것은 단순한 치료나 돌봄을 넘어서, '마음'의 지원과 '소망'을 이끌어 줄 수 있는 따뜻한 환경입니다. 재택의료센터에서 일하는 저는, 이 책을 통해 장애를 가진 분들이 겪는 고통과 그럼에도 불구하고 삶을 이어 가는 강인한 의지에 대해 깊이 이해하게 되었습니다. 또한, 그가 고백하는 삶에 대한 열정과 희망을 어떻게 의료와 보살핌을 통해 더욱 지원할 수 있을지에 대한 고민을 던져 주는 중요한 책입니다.

"그래도 산다는 것은 황홀한 소망"은 그 자체로 큰 울림을 주며, 우리가 주는 돌봄과 의료가 단순한 육체적인 치유를 넘어, 삶의 소망을 북돋는 일이라는 중요한 메시지를 전달합니다. 많은 분들이 육체적인 고통을 겪고 있지만, 이 책에서처럼 내면의 힘을 끌어내는 것이 얼마나 중요한지 다시금 깨달았습니다. 장애인의 삶의 여정을 이해하고, 그들에게 필요한 것이 무엇인지를 생각하는 데에 이 책이 큰 도움이 될 것입니다. 쉽지 않은 환경에서 책의 집필까지 마무리한 저자의 열정과 끈기에 두 손 모아 박수를 보내며, 하루하루 장애와 질병으로 고통받는 분들에게 위로와 공감을, 자신의 삶 속에 감사가 없는 일반인들에게 깊은 울림을 주는 소중한 책이 될 것으로 확신합니다.

조세림(단국대학교 치위생학 박사)

　이대우 시인의 작품은 절망 속에서도 희망을 노래하는 시인의 깊은 울림을 담고 있습니다. 그의 삶은 한 편의 시이자 기도이며, 또한 우리 모두에게 주는 따뜻한 위로입니다. 장애와 고난 속에서도 시인은 삶의 작은 기쁨과 사랑을 노래하며, 우리에게 진정한 감사와 소망의 메시지를 전합니다.

　저는 천안시 커뮤니티케어 방문구강관리 활동을 통해 이대우 작가님과 특별한 인연을 맺게 되었습니다. 방문 당시, 작가님은 따뜻한 미소와 깊은 통찰로 우리를 맞아 주셨고, 그의 삶에서 우러나온 이야기와 시는 저에게도 큰 울림과 영감을 주었습니다. 그는 자신의 고난을 넘어선 지혜와 희망의 메시지로 주변 사람들에게 용기를 전하고 계셨습니다.

　이 책은 단순히 글로 이루어진 문학작품이 아닙니다. 이는 시인의 삶 그 자체이며, 그가 겪은 고난과 극복, 그리고 그 가운데 발견한 소망과 사랑을 진솔하게 담아낸 이야기입니다. 시인은 장애라는 큰 산 앞에서도 좌절하지 않고, 고난 속에서도 더 깊은 깨달음과 아름다움을 찾아내며, 이를 독자들과 나누고 있습니다. 단순히 시인의 이야기를 넘어, 삶의 무게에 지친 이들에게 따뜻한 위로와 새로운 용기를 선사합니다. 작가님의 진솔한 고백과 깊은 성찰이 많은 이들의 가슴에 닿기를 바라며, 이 책을 진심으로 추천합니다.

박광순 사무국장(천안시장애인체육회)

이 글을 쓰는 날, TV에서는 11월에 내린 117년 만의 눈 폭탄이라고 야단이다. 그 호들갑을 먹고 피어난 눈꽃은 누가 보아도 '황홀한 아름다움'이다. 그 꽃에 기대어 '저 아름다운 것에는 무엇이 있어야 할까?' 하는 마음을 품게 된다.

"진지함"이다. 배울 수 없는 자질, 후천적으로 얻을 수 없는 자질, 처음부터 몸에 배어 있어야만 할 자질이 진지함이라면 맞을 것 같다. 그 말에 딱 떠오르는 사람 말이다.

그의 삶, 울림, 부대낌, 글쓰기 등을 가까이서 또 멀리서 만나고 느끼는 것은, 그가 마주하는 모든 일상은 황홀한 아름다움에 깃들어 있다는 것이다. '낙엽이 되기도 전에 먼저 눈물이 되는 문학', '더듬거리듯 삶을 살아온 조각들을 또박또박 써 내려간 시간', '바람은 불고 꽃은 지니 햇살이 파랑파랑 문틈을 비집고 들어온 마음', '심장 가장 깊은 곳에서 울리는 문장', '가장 당신다운 모습', '이해한다는 것은 가늠해 보는 것이 아니라, 그저 인정하는 것', '울음을 가두어 놓은 언어' 등으로 어두운 길 위에 당신이 만개해 있다는 걸 "보라"고 이야기한다.

'세상 모든 것들 모두 볼 수 있어서, 사랑은 멈추지 않아, 지치지 않아' 하는 노래 가사가 있다. 이대우 시인이 들려주는 노랫말이 아닌가 싶다. 그는 '생전 처음 휠체어를 타는 날, 저는 내 몸이 휠체어를 탈 수 있다는 사실이 너무 고마워 하루 종일 감사했습니다.'며, 휠체어를 탈 수 있다는 것이 너무 고맙고, 하루 종일 감사한 일이라고 한다. 그의 지치지 않는 감사를, 또한 '캄캄한 밤은 별을 보석같이 빛나게 하며, 삶의 고난의 시가 되어 기도 되어 부끄럽지 않는 흔적이 된 것입니다.'며 사랑은 멈추지 않아 라고 고백한다.

새처럼 자유롭고 싶다 했지. 단 하루, 네게 이런 기회가 주어진다면 어디로 떠나고 싶어? 하고 묻는다면, 그는 '내게 남아 있는 것으로 인해 만족하는 것은 쉬운 일이나 내게 없는 것으로 인하여 다른 새로운 은총을 발견하기란 어려워도, 산다는 것은 황홀한 소망이 있는 깃이기에 직은 기쁨이 손을 흔들고 내게 오는 것을 느낍니다.' 하며, 새처럼 자유롭고, 단 하루 기회가 주어진다 해도 산다는 소망 외에는 사치라고 한다.

감당할 수 있다면 무엇이든 사랑할 수 있다는 진지함에는 불편함과 편안함, 특별함과 평범함의 서사들은 아주 시시한 거라며, '내 영혼 잔에 소복이 쌓이는 소망으로 등불 삼고 나를 힘들게 하는 내일이 있을지라도 수천 번 거듭하여 매듭을 푸는 인내와 기도로 시를 쓰며 내게 남아 있는 것으로 더 많은 사랑을 이야기할 것입니다.'며 눈물이 아닌 위로로 진정 우리를 감싸는 그의 삶 이야기는, 당당함을 넘는 진지함이라고 이대우 시인을 소개한다.

박옥수(방문 구강관리 전문치과 위생사)

하나님 감사합니다. 이대우 작가님의 여섯 번째 책 발간을 진심으로 축하드립니다. 저에게 이렇게 영광스러운 기회를 주셔서 다시 한 번 감사드립니다.

작가님의 삶을 글을 통해 접하며, 오랜 시간 상상할 수 없는 상처와 고난을 겪으셨음에도 불구하고 잘 이겨 내시고 감사하는 모습에 깊은 감명을 받았습니다. 읽는 내내 눈물이 흘렀고, 많은 은혜를 받았습니다. 익숙함 속에서 소중한 것들을 잊고, 저 자신을 사랑하지 못했던 오만함을 반성하고 다시 돌아보는 계기가 되었습니다.

믿음을 중단한 지 12년이 되었는데, 작가님을 만나고 최근 다시 신앙생활을 시작하게 되었습니다. 하나님께서 이대우라는 천사를 통해 다시 저를 불러 주신 것이 아닌가 생각합니다.

이 글을 통해 독자들이 힘든 삶 속에서도 돌파구를 찾고 회복할 수 있는 힘과 각자의 삶의 의미를 발견할 것이라 확신합니다. 이 책을 적극 추천합니다.

전지영(찬양 사역자, 교사)

  처음 시인님의 시를 읽고 가슴속에 '쿵' 하고 바윗돌 하나가 떨어지는 충격을 받았습니다. 그 아름다운 시에 저절로 멜로디가 순식간에 붙여져 곡이 만들어지는 기적 같은 일들을 경험하고 제 삶은 조금씩 치유되고 변화되기 시작했습니다.

  시인님의 시는 늘 부족한 저의 삶을 돌아보게 하고 엇나갔던 삶의 자리에서 중심을 찾아 돌아오게 하는 강력한 힘이 있습니다. 아마도 그건 시인님의 시의 중심에 흐르고 있는 순전한 사랑과 자유에 대한 갈망 때문이라고 생각합니다.

  이미 하나님께 엄청난 사랑을 받으셨지만 이제는 더 많은 독자들에게 더 사랑받는 시인으로 남게 되시기를 늘 기도하며 무엇보다 제가 사랑하고 존경하는 이대우 시인님의 시집에 추천사를 쓸 수 있도록 기회를 주신 시인님과 첫 만남부터 여기까지 동행해 주신 하나님께 감사를 드립니다.

정택정 목사(워싱턴 밀알선교단 단장)

하늘나라를 소망하며 이대우 작가를 추천합니다. 이대우 작가님의 시집 "감사"를 출간하게 된 것을 진심으로 축하합니다. 어린 시절 고열로 인하여 전신마비라는 장애를 입었음에도 불구하고 이름표를 보고 한글을 깨우쳐 가며 이렇게 주옥같은 시집을 출간하게 하신 하나님께 감사를 드리며 찬송을 드립니다.

본 책은 몇 번이고 죽을 고비에서 건져 내시어 영원한 천국의 소망을 주신 주님을 향한 감사와 찬양, 그리고 우리를 위해 아름답고 멋진 본향을 예비해 놓으셨다는 믿음의 소망이 하나둘 싹터 나와 향기롭고 아름다운 시로 표현되었습니다.

무명한 자 같으나 유명한 자요 죽은 자 같으나 보라 우리가 살아 있고 징계를 받는 자 같으나 죽임을 당하지 아니하고 근심하는 자 같으나 항상 기뻐하고 가난한 자 같으나 많은 사람을 부요하게 하고 아무것도 없는 자 같으나 모든 것을 가진 자로다

이대우 작가님이야말로 이 고린도후서 6장 9~10절의 말씀에 꼭 맞는 분입니다. 비록 몸은 장애에 묶여 있으나 천국 소망이 있으니 그것이 날개가 되어 한없이 펄럭이며 살고 싶다는 작가님을 존경합니다.

우리가 이 땅에 태어나서 한정된 삶을 살다가 저 천국에 올라간다
는 소망이 견고할 때 이런 귀한 시를 쓸 수 있다고 생각합니다.

이러한 작가님의 믿음과 소망이 아름다운 시로 옮겨질 수 있음에
감사할 뿐입니다. 이 책을 읽는 모든 독자분들께 바라는 것이 있습
니다. 이 땅의 삶이 다가 아니고 반드시 저 천국이 있다는 확신과
소망을 든든히 가지시기를 바랍니다. 천국, 하늘나라에서 기쁨으로
만나 아름다운 교제를 나눌 것을 확신하며 부족한 종이 이대우 작
가님의 시집을 추천하게 된 것을 영광으로 생각합니다.

무명한 자 같으나 유명한 자요 죽은 자 같으나 보라 우리가 살고 징계를 받는 자 같으나 죽임을 당하지 아니하고 근심하는 자 같으나 항상 기뻐하고 가난한 자 같으나 많은 사람을 부요하게 하고 아무것도 없는 자 같으나 모든 것을 가진 자로다

_고린도후서 6:9~10

이 말씀은 나를 위로하기 위해 있는 것 같아서 특별히 좋아하는 말씀입니다. 세상에 태어난 지 생후 3개월 만에 원인 모를 질병에 노출되어 열이 펄펄 끓고 그 어린것이 아파 밤낮으로 울어 댔지만 가난한 가정 형편에 어머니는 나를 업고 찾아갈 병원도 없었습니다. 그 후로 초등학교에도 못 가고 축축한 걸레처럼 방에 내동댕이쳤을 때 그때부터 하나님이 나를 아주 작은 복음의 도구로 쓰시려고 나를 돕고 계셨는지 외로운 방안에서 나 혼자 한 자 두 자 글을 배울 수가 있었습니다.

만약 그때 글을 배우지 못했다면 지금의 나의 존재는 상상조차 할 수 없는데 아무도 내게 가르쳐 주지 않았어도 배운 글로 성경 말씀도 읽을 수 있고 왼쪽 손가락 하나로 세상을 노크하며 하늘

을 향해 하나님을 높이는데 찬양 사역자님들이 내 글에 곡을 붙여 주시면 얼마나 감사한지 글로 표현할 수가 없습니다.

바위같이 무거운 심한 장애의 몸이라 세상에서 제일 무서운 것이 설사라고 소개하는 나의 모습을 누가 바라본다면 늘 징계를 받는 자 같고, 늘 근심하는 자 같아도 성경에 나오는 거지 나사로보다는 나은 삶이니 나사로는 누울 방 한 칸도 없었고 배가 고파 부잣집 대문 곁에 누워 상에서 떨어진 떡 부스러기라도 누가 던져 주기를 기다렸는데 내게는 방도 있고, 먹을 것도 있으니 감사해야지요. 눈물 날 일이 있고, 통곡할 일이 있어도 곧 지나갈 것이니 감사해야시요. 감사하고 또 감사해야시요.

하나님이 도우시사 연결된 수많은 고마운 사람들의 손길로 시집도 몇 권을 내고 여기까지 살아온 인생이니 열 번이라도 감사해야지요. 그런 까닭에 이번 여섯 번째 시집 제목을 "감사"로 정하고 싶었는데 오늘 이렇게 세상에 태어났습니다.

여섯 번째 시집 "감사"를 위해서 기도와 관심과 여러 모양으로 도움을 주신 모든 분들에게 감사를 드리며 특히 바쁜 시간을 내어서 정성껏 추천사를 써 주신 분들에게 깊은 감사를 드립니다.

그리고 귀한 물질의 도움을 주신 서울에 최 권사님, 변 권사님, 황 권사님, 천안에 김 집사님께 감사를 드리며, 하나님께서 더 좋은 것으로 갚아 주실 것을 기대하고 감사를 드립니다.

하나님이 연결해 주신 수많은 고마운 모든 손길들… 출판사 연인M&B 편집부에게도 감사를 드립니다.

2025년 새봄에
이대우

| 차례 |

추천사   김성조 목사(CCM 작곡가, 뮤직프로듀서)_4

최우정 교수(서울대학교 음악대학 작곡과)_5

김창훈 한의사(천안시 재택의료센터장)_6

조세림(단국대학교 치위생학 박사)_8

박광순 사무국장(천안시장애인체육회)_9

박옥수(방문 구강관리 전문치과 위생사)_11

전지영(찬양 사역자, 교사)_12

정택정 목사(워싱턴 밀알선교단 단장)_13

시인의 말_15

/ 제1부 / **감사**

감사 1_24 감사 2_25 감사 3_26 감사 4_27

감사 5_28 감사 없인 살지 않게 하소서_29

감사 잃지 않을래요_30 감사할래요_31

감사가 많은 사람은_32 감사가 있으면 됩니다_33

감사는 1_34 감사는 2_35 감사는 3_36

감사는 4_37 감사는 진정한 감사_38

감사를 담는 그릇_40 감사로 살면_42 감사쟁이_43

감사와 같이 살래요_44 감사하게 하소서_46

/ 제2부 / 허물

예수님은 우리 왕_50 우물가의 여인_51 이 말씀_52
제주도에서 온 사랑_53 좋은 사람은_54
하나님이여 빛을 주소서_56 탄력성 있는 삶_58
향기로운 당신_59 허물_60 핸드폰 세상_61 2월_62
가로등_63 가을 햇살 황홀히_64 가을에_65 가을은_66
갈대의 부탁_67 거지 나사로_68 고추잠자리의 기도_69
광야_70 꽃을 보다가_71 나의 미래_72 내 마음에_74
내 치아가 행복했다_75 내일이 없는 것 같이_76
내가 얼마나 큰 죄인이었으면_78 너는 상치 아니하리라_79
당신은 하나님의 작품입니다_80

/ 제3부 / 소망

두려워하지 말라_82 따스함_83

마음을 연단하여 주소서_84 말씀을 품게 하소서_85

말씀이신 하나님을_86 말의 안개_87

맑고 파란 하늘_88 맛있는 감사_89 매미의 인내_90

맹물도 소망이 있습니다_91 맹세하시는 하나님_92

목련꽃_93 민들레 홀씨_94 믿음으로_95

베드로의 통곡_96 보고픔_98 보배 피_99

복숭아_100 봄을 부르는 비_101 빈 몸으로 와서_102

설날의 눈_103 세어 보세_104

소망 있는 고목나무_105 소망_106 소망을 품고_107

소망의 기도_108 소망의 주 나의 하나님_110

소망의 주 아버지_111 잠깐이라도_112

/ 제4부 / **생명**

소원하네_114 손바닥에 나를 새기신 주_115
어머니란 이름은_116 어여쁜 사람_117
얼마나 얼마나 좋을까요_118 빗소리_119
빛 주러 오셨네_120 빛도 짓고_121 빨간 장미_122
사랑_123 사랑의 왕 예수_124
사랑하며 살고 싶었습니다_126 사랑한다 이 말_128
사랑의 아침_130 살아 있음에_131
상상을 초월한 기쁨이 있으리니_132 상처_133
상처와 사랑_134 상한 갈대와 꺼져 가는 등불_135
새사람을 입자_136 새_137 새해 소망_138
새해 기도_140 생명_142 생명과 나무_143
선한 목자 주님께서_144

/ 제5부 / 희망

선한 아침_146 순간마다 위로하시는 주_147
아담의 봄_148 애인_149 얼마나_150
엄마를 보낸 그 마음을 생각하며_151 엄청난 은총_152
엘리엘리 라마 사박다니_153 엘마오 길_154
여름의 선물_155 여보야_156 여자는 사랑이다_157
여호와의 이름에_158 연습하세_159
땅엔 영원한 것이 없네_160 예수님 예수님_161
예수님이 안 계시면_162 예수님을 믿는다는 것은_164
오늘 하루_165 오직 주 예수_166 우리 갈 본향은_167
이 새벽에_168 울보로 살겠습니다_170 이 육신_171
이런 사람은 아름답습니다_172 입술의 열매_174
희망_175 희망의 봄_176

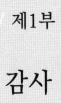

제1부

감사

감사 1

감사와 살림을 차린 듯
어떤 경우에도
감사를 놓치지 말자

쓰러질 듯 쓰러질 듯
쓰러지지 않게
감사를 지팡이 삼자

시련이 많은 세상을
원망하지 말고
감사로 꽃베개 하자

궂은비 내리는 날
단비되기 바라며
감사로 빗소리 듣자

감사 2

숨 쉬는 것 감사하고
공기 마시는 것 감사하며
모든 것을 감사하면

불평과 원망이
나 외로워서 못 살겠다
스스로 보따리 싸더라

굳이 잘 가라
손 흔들어 주지 않아도
빠른 걸음으로 떠나더라

감사 3

물 한 모금
스스로 못 마시는
사람이 있습니다

그런
사람이 많습니다

스스로 물 한 컵
마실 수 있는 분들이여
감사하십시오

오늘도 감사하십시오
내일도 감사하십시오
모레도 감사하십시오

감사 4

우리가 감사하며 살면
기뻐하시는 주님의 소리가
만물의 귀마다 들리고
합창하고 싶은 기쁨의 노래가
은혜로 빛날 때
슬픈 것도 괴로운 것도
꽃이슬같이 가벼워져서
영혼도 잘 되고
범사도 잘 될 것이니
할렐루야 감사 감사 감사

감사 5

햇살 가득한 겨울 아침
막 걸음마 하는
예쁜 아기의 웃음소리
사르르 들릴 것 같은
감사가 있다

감사 없인 살지 않게 하소서

건강 없인 살아도
감사 없인 살지 않게 하소서

깨어진 그릇에 밥 먹어도
감사는 깨뜨리지 않게 하소서

떨어진 옷은 입어도
감사는 떨어지지 않게 하소서

죄 많은 날 살리신
주 예수의 십자가 은혜가
주 예수의 십자가 사랑이
내 영혼에 새겨졌다면

어떤 어려운 상황이라도
감사 없인 기도하지 않게 하소서

감사 없인 그 무엇도
할 수 없게 하소서

감사 없인 살지 않게 하소서

감사 잃지 않을래요

내 마음대로
내 간절함대로
되는 일 하나 없어도
감사 잃지 않을래요

무슨 까닭으로
오늘도 숨 쉬게 하시는지
그 깊은 뜻을
헤아릴 수 없지만
감사 잃지 않을래요

저녁쯤이면
이 작은, 아니 이 큰 소원
이루어져 있어서
민들레 홀씨같이 하얀 웃음
머금게 하십시오 하나님…

감사할래요

감사할래요
날 구원하신
하나님의 자녀기에

감사할래요
하늘 길 가는
천국의 백성이기에

감사할래요
감사는 예배
마음의 예배기에

감사할래요
감사는 모든
문제를 풀기에

감사할래요
소망이 있기에
감사할래요

감사가 많은 사람은

감사가 많은 사람은
고통을 잘 다듬으면
축복이 된다는 걸
알고 있는 사람입니다

감사가 많은 사람은
간절한 꿈이 무너져도
하늘은 그대인 걸
기뻐하는 사람입니다

감사가 많은 사람은
인생이 산산조각나도
하나님 사랑은
조각나지 않았다는 걸
감사하는 사람입니다

감사가 있으면 됩니다

세상은 괴로운 일 많아도
밝은 하늘 바라보며
영롱한 빛과 쉼을 소망하는
감사가 있으면 됩니다

약한 육체에 눌리지 않고
훨훨 나는 은총의 날개를
마음에 품고 살아가는
감사가 있으면 됩니다

모든 것이 슬픔이어도
영혼이 간절히 원하고
하나님이 원하시는 것
감사가 있다면 됩니다

감사할 수 있다면
감사할 수 있다면
모든 것이 선을 이루어
모든 것이 선물이 될 것입니다

감사는 1

감사는 믿음의 뿌리
감사는 영혼의 영양제
감사는 승리의 열쇠
감사는 가장 선한 것
감사는 순종의 향기
감사는 하나님의 명령
감사는 하나님의 소원

감사는 2

감사는
감사는
약 중에 약
매일 먹으면 먹을수록
건강에 좋은 약
약국 문이 열리지 않아도
마음의 약국에서 살 수 있는 약
돈이 없어도 살 수 있는 신비로운 약
하나님이 가르쳐 주신 가장 보배로운 약

감사는 3

감사는
가난하고 가난해도
자꾸 피고 싶어 하는
하늘빛 꽃입니다

감사는
중한 병과도 싸워
이겨 버리는
힘의 장사입니다

감사는
소망과 부부처럼
사이좋기로
소문이 납니다

감사는
기쁨과도 친해서
행복을 나누어 주는 일에
서로 돕습니다

감사는 4

감사는
가장 맑게 사는 길입니다

감사는
절대 후회를 주지 않습니다

감사는
인생의 명 영양제입니다

감사는
하늘을 품고 사는 것입니다

감사는
삶의 소중한 기둥입니다

감사는 진정한 감사

아픔이 없어서
하는 감사는 진정한 감사가 아닙니다
고통이 없어서
하는 감사는 진정한 감사가 아닙니다

슬프지 않아서
하는 감사는 진정한 감사가 아닙니다
괴롭지 않아서
하는 감사는 진정한 감사가 아닙니다

머금은 눈물 속에
피어나는 감사가
더 아름답고 더 향기롭지요
황홀할 만큼 예쁘지요

심한 가뭄이 들어
비가 오지 않는
딱딱한 땅에서
무엇이 자라던가요

눈물이 없는데
감사가 어디서 오던가요

하늘에 구름이 없는데
비가 내리던가요

감사가 많은 사람은
깊은 바다 같이 울고 나서
수북이 쌓인 영혼의 곡조에
맑게 웃습니다

아주 소중한 것은
그 대가를 지불해야 내게 오는 것
눈물로 가꾸지 않으면
텅 빈 돌밭은
아무것도 내주지 않습니다

감사를 담는 그릇

감사를 담을 그릇이
찾아도 안 보여도
염려 안 할래요

내가
내가
감사를 담는 그릇이 될래요

맛나는 감사
많이 담는 그릇이 될래요

침대에서 대소변 누는 몸이지만
감사를 담을래요
많이 담을래요

사랑하는 사람을 위해
사과 한 개를 깎을 수 없지만
감사를 담을래요
많이 담을래요

전화가 걸려 와도
받을 목소리 없지만
감사를 담을래요

이 육신이 안 보이도록
감사를 담을래요
많이 담을래요

하늘 소망 잃지 않으면
감사 담을 수 있어요
많이 담을 수 있어요

감사로 살면

감사로 살면
못 생긴 인생이
잘 생긴 봄날로 걸어옵니다

감사로 살면
잡초도 꽃으로 보이고
중한 고통도 얼마나 가벼운지
꽃잎으로 변합니다

감사로 살면
맘속에 환희의 새 살이 돋고
오래 묵은 상처가 딱지 되어
떨어져 나갑니다

감사로 살면
하나님의 소원 풀어 드린 자로
하늘에 기록되어서
반짝반짝 빛납니다

감사쟁이

비록
말하지 못하고
앉지도 못하고
걷지도 못해도
글 쓸 수 있는 손가락 한 개
밥 먹을 수 있는 입
사랑하는 그대의 목소리 들을 수 있는 귀
가장 소중한 것 남아 있으니
나는 감사쟁이가 되고 싶다

감사와 같이 살래요

감사와 같이 사는
그런 인생으로
살고 싶습니다

내 마음대로
안 되는 일과
근심되는 일이 많지만

감사의 세균에
감염되어
살고 싶습니다

병원에 자주 안 가게
감사가 많은
인생으로 살래요

감사하라고 하신
하나님의 분부를
기억할래요

장애가 심한 육신
화장실에 못 가는 육신
그래도 감사와 같이 살래요

감사는
하늘 소망을 먹여 주니까
부부 되어 살래요

모두 다 떠난다 해도
감사와는
헤어지지 않을래요

이런 소원
하나님께 아뢰며
푸른 잎같이 살래요

감사하게 하소서

주심도 거절하심도
밝음도 어둠도
감사하게 하소서

어쩔 수 없는 아픔
흥건한 눈물을
감사하게 하소서

약함이 기도 되고
소망이 됨을
감사하게 하소서

뜻대로 안 되는 일
많고 많아도
감사하게 하소서

붙들고 여기까지
인도하심을
감사하게 하소서

이래도 감사
저래도 감사
이 소원 하나
이루어 주소서

제2부

허물

예수님은 우리 왕

예수님은 우리 왕
예수님은 우리 왕
생명의 왕 사랑의 왕 전능의 왕
이 땅에 죄인들을 구원코자
하늘의 아름다운 모든 영광을
발가벗으시고 스스로 낮아지신 왕
죽음을 이기시고 부활하신 승리 왕
날마다 일초도 놓치시지 않고
우리를 지키고 돌보시려고
졸지도 주무시지도 않는 왕
선하신 왕 좋으신 왕 만군의 왕
세세무궁토록 찬양 받으실
세세무궁토록 감사 받으실
예수님은 우리 왕
예수님은 우리 왕

우물가의 여인

부끄럼이 많았던 여인
생수이신 예수님을 만나고
부끄럼 모두 벗어 버리고
감격하며 감사하며
기쁨으로 소리치네
나 예수님을 만났다고
나 예수님을 보았다고
알리러 달려가네
동네로 달려가네
물동이를 버려둔 채
춤을 추며 뛰어가네
나 예수님을 만났다
나 예수님을 만났다
너희도 와 보라
너희도 와 보라
생수이신 예수님을 만난
우물가의 여인처럼
예수님을 알리러
우리도 어디든지 달려가자
우리도 어디든지 뛰어가자

이 말씀

범사에 감사하라
이 말씀 이 말씀이
범사에 감사하라
이 말씀 이 말씀이
기적 같은 평안함
내 삶에 물들이네
놀라운 선물
놀라운 은혜

고난이 유익이다
이 말씀 이 말씀이
고난이 유익이다
이 말씀 이 말씀이
힘을 주고 힘주네
내 삶을 토닥토닥
주님의 손길
주님의 사랑

제주도에서 온 사랑

제주도에서 감귤이 왔다
잘 익은 사랑이
내게 시집을 온 것이다

노란 옷을 벗기고
수줍어하는 속살을 향해
용감하게 내 입술을 건네니

달콤함으로 가득히 퍼지는
제주도에서 온 사랑

이런 사랑을 내게로
시집보내 주신 분께 감사

좋은 사람은

좋은 사람은
항상 그리움을 남기고
떠난다

다시 한 번 보기 위해
그 사람 있던 그곳에 갔더니
벌써 가고 없다

좋은 사람은
주어지는 시간을
소중히 활용한다

나도 그렇게
소중히 살고 싶다

좋은 사람은
언제나 나를 위해
있는 것 같다

좋은 사람은
늘 푸른 나무로
내 맘속에 서 있다

나도 누군가에게
좋은 사람이
되고 싶다

하나님이여 빛을 주소서

하나님이여 빛을 주소서
죄악으로 어둔 이 나라에
빛을 주소서 빛을 주소서

눈물이 뚝뚝 떨어지는
많이 슬픈 이 대한민국을
빛으로 닦아 주소서

배고픈 악마로 변한 자들이
잔인한 이빨로 물어뜯으니
이 나라는 너무 아파요

인간의 탈을 쓴 늑대들
하나님이여 쫓아 주소서
하나님이여 쫓아 주소서

힘이 없는 약한 백성들
하나님이여 세워 주소서
하나님이여 세워 주소서

무궁화 잎에 떨고 있는
이 나라를 지켜 주소서
이 나라를 살펴 주소서

하나님이여 빛을 주소서
죄악으로 어둔 이 나라에
빛을 주소서 빛을 주소서

탄력성 있는 삶

다가오면
고난이라도
거부감 없이
맞아들이고

떠나가면
생명이라도
눈물 없이
떠나보내는

탄력성 있는
삶을 꿈꾸자

향기로운 당신

카톡으로 메시지가 오고 간 끝에
향기로운 당신이라는
이모티콘을 받았습니다
그 순간부터
향기로운 당신이고 싶어졌어요
꿈에라도
향기로운 당신이고 싶어졌어요
밥 먹다가도
세수하다가도
향기로운 사람이 되고 싶어졌어요
그 이모티콘 보내 준 그 사람이
고마워서라도
향기로운 사람이 되고 싶어졌어요

허물

나에게는 허물이 많습니다
항상 많습니다

내 마음이 만들어 낸 허물
내 생각이 만들어 낸 허물
내 고집이 만들어 낸 허물

날마다 나의 허물이
수북합니다

주님이 아니시면
치울 수 없는 나의 허물을
오늘도 치워 주십니다
주님이 치워 주십니다

핸드폰 세상

고개를 숙이고 걸어오면서
길도 안 비켜 주고
핸드폰만 보는 세상

도대체 뭐를 그렇게 보는지
입으로는 밥을 먹으면서도
눈은 핸드폰에 심어져 있다

갑자기 외치고 싶어졌다
핸드폰에 눈길 주는 만큼
하늘을 가까이해 보라고

내 사랑하는 얼굴들을
다 가져가 버린 핸드폰 세상
무엇으로 되돌려 달라 하리오

2월

9개월이 된
뱃속의 아기같이
봄이 꼼지락거리는
2월

열 달이 차면
자연의 젖 먹으러
기지개를 켜고
나올 새싹들

손녀 손자 보기를
학수고대하는
어르신들에게
희망을 선물하는
2월

가로등

어둠이 내리면 아침이 올 때까지
외롭고 추운 겨울밤에도
하얀 웃음을 웃어 가며
곳곳에 가시가 있는 세상길에
누가 넘어져 다치는 일 없기를
한평생 기도하며
빛 밝혀 서 있는
어머니 사랑 같은 가로등

고개 들 수 없는 장애로 보고픈
하늘 한 번 못 보고 살지만
주어지는 소명을 잘 감당하는
당당하고 씩씩한 가로등

가을 햇살 황홀히

가을 햇살 황홀히
한없이
한없이
만지작거려 완성시킨
사랑의 편지를
우체통 입에
쏘옥 밀어 넣는 행복은
온종일
가슴 벅찬 선물이 되지요

가을에

가을에
감사와 결혼하겠다는 마음
그래라
그래야지

불평과는 영영 헤어지고
감사와 결혼하여
행복하여라
그래야지

가을은

가을은
손에는 아무것 없어도
마음에는 당신의 은총이
총총한 별보다 셀 수 없으니
감사로 찬양을 드립니다

가을은
놓친 감사의 송이송이들을
벼이삭처럼 넉넉히 주워서
이웃과 소중히 나누고픈
믿음 소망 사랑이 있습니다

가을은
청아한 하늘을 마음에 두르고
뽀얗게 살이 오르는
행복과 연인 되며
곱게 물드는 단풍 길로 산책하는
기쁨과 감사가 보입니다

갈대의 부탁

바람이여
흔들지 마오
제발 부탁하오니
흔들지 마오

자꾸 흔들면
사람들한테나
하나님한테나
미움을 받는다오

그러니
바람이여
나를
흔들지 마오

거지 나사로

성경에 나오는 거지 나사로
부자의 대문 앞에 누워
부자의 상에서 떨어진 음식이라도
좀 갖다 주기를 기다렸던
배가 고팠던 나사로
버려진 아픈 나사로
오늘은 제발 제발 제발
동네 강아지들이 몰려와서
나의 몸 헌데를 아프게 핥지 말았으면
그런 소원으로 살면서도
불평의 말 한 마디 없이 살다가
원망의 말 한 마디 없이 살다가
죽어서 아브라함 품에 안긴
거지 나사로가 있어서
이 땅에 사는 장애인들에게
소망으로 얼굴을 빛나게 한다

고추잠자리의 기도

비 맞은 풀잎이 아프면
어서 빨리 낫게 해 달라고
하늘을 맴돌며 기도하고

풀잎이 외로워 보이면
살짝 매달리는 연인처럼
웃어 주기를 기도하고

연약한 풀잎이 쓰러지면
희망 같은 날개로
안아 주기를 기도한다

광야

로뎀나무 한 그루 서 있는 광야
죽이려는 이세벨을 피하여 온
엘리야의 절망이 있네
엘리야의 무너짐 있네
떡도 먹지 않고
물도 마시지 않고
생명을 거두어 달라 눈감는
엘리야를 보신 하나님
급히 천사 손에
떡을 보내시며
물을 보내시며
일어나 먹어라
일어나 마셔라
어루만지심으로
엘리야를 일으켜 세우시는 하나님
광야는 어두움이지만
광야는 외로움이지만
하나님이 보고 계시네
하나님이 인도하시네

꽃을 보다가

꽃을 보다가
꽃이 고마워서 울었습니다
오랜 세월을 죽지 않고
살아 있음을 축하해 주는 것 같아서
꽃이 고마워서 울었습니다

나를 위해 피어난 것처럼
나를 위해 아름다운 것처럼
그렇게 그렇게 보여져서
꽃이 고마워서 울었습니다

사랑받지 못했던 지난 쓸쓸함은
푸른 바람결에 날려 버려라
그렇게 말해 주는 것 같아서
촉촉한 눈시울로 울었습니다

나의 미래

맑은 기도가 샘처럼 흐르는 가을이 오면 나는
천년 소원이 이루어진 것처럼 마음
고운 그대를 만나
무수한 내 사랑 고백하는 꿈을 꾸었네
들판의 노란 벼를 쓰다듬고 싶은 가을이면 나는
청아한 하늘색으로 원피스 입은 어여쁜 그대와
들판을 사뿐사뿐 거니는 꿈도 꾸었지
코스모스를 노래하는 소리가 들릴 때 나는
나의 시로 엮은 내 사랑을 그대에게 전하는
그댈 위한 음악회를 열어 주고 싶었네
작고 연약한 것들을 사랑하고 싶을 때 나는
그대와 손을 포개고 마음도 포개며
이름 모를 들꽃들을 많이 사랑하기를 원했지
숨을 쉬는 것이 황홀해져 오는 가을날 나는
그대의 숨소리 타고 오는 예쁜 우리 아기 모습
이름난 화가처럼 내 마음의 화폭에 그렸네
그러나 생후 3개월쯤에 고열로 장애에 묶여
걷지도 못하고 말도 못하니
아무리 사랑한들 한번 못 업어 주는
그런 사랑은 생명 없는 죽은 사랑이라고

기다린 나의 님은 끝내 안 오고 말았네
하지만 나는 슬퍼하지 않겠네
잠시 잠깐 마음 기댈 세상 사는 님은
온전한 것을 찾느라 아니 왔어도
영원히 기댈 수 있는 크신 님은
모든 눈물 씻어 주시러 사랑 안고
나의 미래에 구름 타고 올 테니까
초조하지 않는 기다림으로
나에게 주어지는 시간들을 사랑하며
싱싱한 설렘에 나의 생애를
충분히 적신 후에 시를 쓰리라
백년을 그 자리에 앉아 있던 큰 바위가
한번 흔들려 볼 기회를 기다리고 기다리듯
감동 주는 시 한 편을 남기기 위해
나의 두 눈은 미래로 미래로 빛을 발하리라

내 마음에

내 마음에
보고픔을 주는 사람은
활짝 핀 꽃이다

내 마음에
그리움을 주는 사람은
활짝 핀 장미다

보고픔에서 보고픔으로
그리움에서 그리움으로
조용히 숨 쉬게 하는 꽃

보고 싶다 고백하면
그립다 고백하면
지고 말 것 같아서
조심히 바라만 본다

내 치아가 행복했다

내 치아가 행복했다
8주간이나 행복했다
국가 덕분에 내가 사는 공간에
구강관리팀이 찾아와서
게으름으로 누른 나의 치아를
꼼꼼히 살펴 주었다

부모한테도 형제한테도
단 일 분 동안도 관심 받지 못한
치아가 호강을 한 셈이라서
내 치아가 행복했다
잊을 수 없는 행복이었다

내일이 없는 것 같이

내일이 없는 것 같이
오늘 사랑하십시오
사랑한다고 말하십시오
사느라 고생했다고 말하십시오
고마웠다고 말하십시오

내일이 없는 것 같이
용서해 주십시오
위로해 주십시오
당신은 내게 소중한 사람이었다고
천년을 미루어 온 말같이
감격하며 지금 해 주십시오

내일이 없는 것 같이
좋은 말 하십시오
아름다운 말 하십시오
사랑의 말 하십시오
부지런히 하십시오

오늘 숨 쉴 수 있음에
감사하십시오
오늘 물 삼킬 수 있음을
감사하십시오
오늘 얼굴 볼 수 있는 것
감사하십시오
오늘 안부 전하고 묻는 것
감사하십시오

내일이 없는 것 같이
오늘 지금 사랑하십시오
오늘 지금 감사하십시오

내가 얼마나 큰 죄인이었으면

내가 얼마나 큰 죄인이었으면
주님이 생명까지 내주어
날 살리셨을까
내가 얼마나 큰 죄인이었으면
주님이 죽음으로 나서서
날 구하셨을까
이 죄인이 무어라고
이 죄인이 무어라고
그리 큰 용서를 베푸셨을까
그리 큰 사랑을 베푸셨을까
주께 천년을 두고
울어 드려도
못 갚을 영원한 사랑
주께 천년을 두고
감사드려도
못 갚을 끝없는 사랑

너는 상치 아니하리라

너는 상치 아니하리라
너의 머리털 하나도
상치 아니하리라

내가 너를 돌보리라
영원히 너를 돌보리라
너는 내 자녀니까

나는 너의 머리털을 센
너의 아버지니까
내 사랑이 널 보호하리라

너는 상치 아니하리라
너의 머리털 하나도
상치 아니하리라

당신은 하나님의 작품입니다

볼품없고 초라할지라도
당신은 당신은
하나님의 작품입니다
당신을 소중히 만드신
하나님의 작품입니다
사람들은 몰라 주어도
세상은 몰라 주어도
당신은 알아야 해요
당신은 알아야 해요
당신은 당신은
하나님의 작품입니다
최고의 작품입니다

제3부

소망

두려워하지 말라

두려워하지 말라
땅에 기초를 놓으사
천지를 지으신 이가
우리 주 아버지시다
우와~

무서워하지 말라
신들 가운데 가장
높고 위대하신 이가
우리 주 아버지시다
우와~

이런 우리 주 아버지를 찬양하면
고난이 금방 물러가리라
이런 우리 주 아버지께 감사하면
풍랑이 금방 잔잔하리라
우와~

따스함

추울 때
따스함
그것은 사랑

추우면 안 돼
감기 들어
품어 주는 사랑

따스한 핫팩 되어
너에게 붙어 이 겨울
함께하고 싶다는
남녀의 고백이 잘도 들린다

마음을 연단하여 주소서

어떤 고통이 모질게 나를 때려도
불평의 소리 내지 말며
굵은 기도의 나무와 굵은 감사의 나무가
크게 자랄 수 있도록
마음을 연단하여 주소서

화려하고 좋은 것만 축복인 줄 알고
그것을 잡으려고 달려갈 것이 아니라
영혼이 원하는 고운 소원 꺼내 들고
정성으로 살며 감사하며 살 수 있도록
마음을 연단하여 주소서

슬프다 하여 우울해하지 말고
아프다 하여 쩔쩔매지 말고
딱딱해진 마음을 부드럽게 하는데
향기로운 기름으로 쓸 수 있도록
마음을 연단하여 주소서

말씀을 품게 하소서

거칠고 험한 세상길에서
말씀을 품게 하소서
소망의 말씀을
능력의 말씀을
진리의 말씀을
이제부터
영원까지 품게 하소서
소원이니 품게 하소서
말씀을 품게 하소서

어둡고 지친 인생길에서
말씀을 품게 하소서
위로의 말씀을
평강의 말씀을
생명의 말씀을
이제부터
영원까지 품게 하소서
소원이니 품게 하소서
말씀을 품게 하소서

말씀이신 하나님을

말씀이신 하나님을
멀리 돌아 다른 데서 찾았네
말씀이신 하나님을
헛된 세상 성공에서 찾았네

그러나 이제는
말씀이신 주 하나님을
눈앞에서 뵙고
끝없는 그의 사랑 아네

어제나 오늘이나
말씀으로 눈앞에 계시는
하나님을 뵙고
영원한 그의 사랑 품네

말의 안개

아름답지 못한 말이
자욱한 세상으로 만든
나를 용서하소서

욕쟁이가 밉다고
작은 욕하나 던졌더니
세상은 그걸 좋은 거라고 배웁니다

아침에 끼는 안개는 금방 그치지만
아름답지 못한 언어의 안개는
쉽사리 그치지 않습니다

안개가 자욱하면
고기 잡는 배들이 충돌합니다
미움과 충돌합니다

아름다운 언어로
정이 넘치는 말로
이런 안개로부터 맑아지는
세상이 되게 하소서

맑고 파란 하늘

맑고 파란 하늘 보니
날 구원하신 하나님이
보이는 것 같아
보이는 것 같아
영혼에 찬양 물고
아름다운 찬양 물고
높으신 은혜 생각하니
만족과 기쁨이
어여쁘게 날 안아 주네

맛있는 감사

반찬이 없어서
감사를 밥에 얹어 먹었더니
맛있어서 순식간에
밥 한 그릇 뚝딱 했다는
어느 시인의 말처럼
감사로 하면
버릴 것이 없으리라

매미의 인내

겨우
한 달간을 노래하기
위해

땅속에서
7년 동안을 참아온
매미

인내가
참으로 대단한
매미

매미의 인내를
배우면 마음이
예쁘겠다

맹물도 소망이 있습니다

포도주로 변한 맹물처럼
어느 날에는
어느 날에는
맹물도 쓰임을 받을 것입니다
너털너털한 아픔이 있을지라도
쓰임을 받을 것입니다
소망을 꿈꾸면
소망을 꿈꾸면
비록 지금은 맹물이나
아주아주 즐거운 날에
아주아주 귀한 존재로
쓰임을 받을 것입니다

맹세하시는 하나님

맹세하시는 하나님
자신보다
크신 분은 없기에
자신을 두고
맹세하시는 하나님

나는 절대 절대로
악인이라도 죽는 것을
좋아하지 않는다

어제 많았던
의인이 필요없다

오늘 이 순간
악에서 떠나
새사람으로 옷 입으면

전에 모든 죄를
잊고 또 잊어 주고
사랑하고 축복해 주마

목련꽃

깊고 깊은 가슴속에
피어난
부드러운 고백인가
부드러운 안음인가

목련꽃 바라볼 때에
목련꽃 바라볼 때에
무지개 든 여인같이
빛나고 아름답다고

우리 엄마한테도
하지 못한 고백을
누구에게 하고 싶어
이다지 맘 설렐까

민들레 홀씨

바람이 업어 준다고
잘 업어 준다고
고마운 편지 쓰는
너의 모습
참 예쁘다

바람의 등에 업혀서
까르르 웃는
너의 행복
참 예쁘다

믿음으로

믿음으로 목자신 하나님의 인도 받고
믿음으로 선하신 하나님의 뜻을 알고
믿음으로 빛이신 하나님의 말씀 듣고
믿음으로 하나님이 부르신 길로 가니
하나님이 주신 믿음으로 우리는 사네
하나님의 선물 믿음으로 우리는 사네
의인으로 사네 하나님의 은혜로 사네

베드로의 통곡

내게 믿음이 있다고
내게 믿음이 있다고
주님은 알고 계시죠
내게 믿음 있다는 것을
주님은 잘 아시죠
그러나
그러나
주님이 로마 군병들에게 잡히자
한순간에 무너지는 베드로
나는 그 사람을
알지 못한다 모른다 모른다
세 번이나 부인하는 베드로
그런 베드로의 모습에
새벽닭이 목 놓아 울 때
닭이 울기 전에 네가 세 번
나를 부인하리라는
주님의 말씀이 생각나
통곡하던 베드로
그 베드로는 변화하여
새사람을 입고

주님 곁으로 가고 없는데
베드로의 슬픈 통곡은
오늘도 들려 눈시울을 적신다

보고픔

어쩌자고 보고플까
어제 봤는데
또 보고프다

나에게
보고픔을 선사하는
모든 이들은

땅에서나 하늘에서나
영혼이 잘 됨 같이
범사에 잘 되기를…

보배 피

나의 죄 씻은
보배 피
예수님의 피
아름답다
오늘도 그 사랑이
나를 향해 흐르네

나를 구원한
보배 피
예수님의 피
거룩하다
오늘도 그 십자가
나를 향해 서 있네

복숭아

복숭아는
추억의 가시내
세상에 나올 때부터 달고 온
보송보송한 솜털이 예쁘던
맑은 사진 한 장처럼
내게 잠시 머물다 간

복숭아의 솜털을 보니
추억의 가시내가 그리운데
어디선가
달콤한 사랑 이루어
아들딸 낳고 잘 살겠지

봄을 부르는 비

빗방울마다
목소리 달아서
봄을 부르는 비

빨리 오라고
재촉하는
성미 급한 비

보고 싶다며
꽃 편지 쓰다가
그만 울고 마는
눈물 같은 비

빈 몸으로 와서

발가벗은 빈 몸으로 와서
얼마나 가져 봤던가요
얼마나 누려 봤던가요
얼마나 먹고 마셨던가요
일일이 셀 수 없지 않는가요

발가벗은 빈 몸으로 와서
좋은 사람 좋은 친구 얼마나 많이 만났나요
가슴에서 가슴으로 사랑 고백 건네며
얼마나 황홀하게 살다 가나요

발가벗은 빈 몸으로 와서
아름다운 꽃들을 보며 잔별 같은
은총 누린 것이 꿈만 같아
마음속 깊이에서 고운 눈물 한 바가지 꺼내
오늘 마지막 사는 것처럼
감사의 기도를 드리고 싶은 날입니다

설날의 눈

외롭지 말라고
외롭지 말라고
눈이 펄펄 내린다

올해 보리농사
풍년이 들게 해 주겠다고
하얀 약속으로 내린다

미움은 덮어 버리라고
하얀 사랑이 많이 내리는
고운 설날

세어 보세

뭐 달라는 기도 그만하고
이미 받은 엄청난 사랑
주님의 엄청난 사랑
열 손가락으로
세어 보세

열 손가락이 모자라니
무수한 별들을 보며
밤낮으로 한 일 년
부지런히 부지런히
세어 보세

그래도 못다 셀 사랑
생명까지 주신
하나님 사랑
영원한 사랑

소망 있는 고목나무

세상에 마음 두면
근심 걱정이 태산이라서
무겁고 무겁지만

소망을 하늘에 두면
영혼도 안심인 듯
찬양 부르자 조르네

세상 욕심에 잡히면
불만 원망이 날 가져
장난치고 놀지만

하늘 소망으로 살면
죽은 고목인 것 같아도
봄 되면 생명을 피우리라

소망

사슴
사슴
사슴이고 싶다

주님 안에서
뛰는 자유로운
사슴이고 싶다

소망이
꽃으로 핀 영혼에
보드라운
새의 날개가 달린다

소망을 품고

소망을 품고 기도하리라
소망을 품고 기뻐하리라
소망을 품고 감사하리라

소망을 품는 자를
주님이 기쁘게 만나 주시리라
소망을 품는 자를
주님이 기쁘게 사용하시리라

아~ 내게 있는 눈물
주님께 맡기면 기쁨 되리라
아~ 내게 있는 고통
주님께 맡기면 찬양 되리라

소망의 기도

소망이 있다면
티 없이 맑게 웃게 하소서
더 이상 목마르지 않는 얼굴로
맑게 맑게 웃게 하소서

소망이 있다면
초라한 풀꽃처럼 밟힘을 당해도
너무 속상해하지 말고
조용히 기도하게 하소서

소망이 있다면
향기로운 삶으로 쓴 편지를
위로의 우표 붙여서 보내는
아름다운 사랑이 있게 하소서

소망이 있다면
날마다 생기 넘치는 기쁨
바구니로 받아 내며 나누는
평안의 대부(大富)가 되게 하소서

눈에는 보이지 않아도
확실한 소망이 있다면
이런 삶 살아가기에
조금도 부족하지 않게 하소서

소망의 주 나의 하나님

세상이 나를 미워할 때
세상이 나를 울릴 때
소망의 주 나의 하나님을 찬양하네
소망의 주 나의 하나님을 기뻐하네

세상아 나를 미워하라
세상아 나를 울려라
나는 소망의 주를 더욱 찬양하리라
나는 소망의 주를 더욱 기뻐하리라

세상 소망아 너는 쓸데없다
멀리멀리 사라져 버려라
나는 소망의 주를 더욱 사랑하리라
나는 소망의 주를 더욱 높이리라

소망의 주 아버지

주 아버지 모시고
눈물 없는 거기서
어둠 없는 곳에서

모든 괴롬 다 잊고
모든 아픔 다 잊고
사는 날같이

소망의 주 아버지를
사랑합니다
소망의 주 아버지를
찬양합니다

잠깐이라도

잠깐이라도
옹기종기 모여
오순도순 재밌게 사는
새로 살아 봤으면 좋겠다

잠깐이라도
그렇게 살아 봤으면 좋겠다

오늘 따라 혼자
하늘에서 뚝 떨어진 인생 같다

이럴 때일수록
본향을 더 많이 생각해야겠다
영원한 본향을 똑똑히 바라보아야겠다

제4부

생명

소원하네

예수 그리스도의 십자가 자랑하기를
예수 그리스도의 십자가 자랑하기를
소원하네
소원하네

나는 마른 풀처럼 약하지만
주님이 원하시면
주님이 써 주시면

예수 그리스도의 사랑을
예수 그리스도의 생명을
전하는 복음의 도구이기를
소원하네
소원하네

손바닥에 나를 새기신 주

십자가에 못 박히신 것이
나를
나를
손바닥에 새기는 사랑이었네
눈물 나는 사랑

여인은 자기 태에서 난 자식을
혹시 잊을지라도
주님은 영원히 나를
안 잊으시려고 새기셨네

손바닥에 새기고
옆구리에 새기고
발에도 새기셨네

놀라우신 사랑이어라
놀라우신 긍휼이어라

어머니란 이름은

내가 드린 것 아무것도
없었다는 것을
잘 아는 이름이요

내가 그 몸의 살을
다 빼앗아 먹었다는 것을
외치는 이름이요

내가 불효였음에
슬픈 눈물 빙 돌아
부르는 이름이요

어여쁜 사람

나를 향해 축복하듯
웃어 주는 사람
어디 사는 누군지 몰라도 괜찮을
세상에 꼭 필요한 사람인가 봅니다

자기에게도 친절하고
다른 사람에게도 친절한 사람
기도의 빗으로 자신을 빗질하고
집 밖으로 나온 사람인가 봅니다

나뭇잎조차 파르르 떨 만큼
무거운 세상이 도래하고 있지만
아직은 어여쁜 사람이 많습니다
그 어여쁨 가지고 오래오래
행복할 어여쁜 사람이 있습니다

얼마나 얼마나 좋을까요

오늘 하루 물 마신다는 것
내가 물을 마신다는 것
어느 이의 마음에 기쁨이 된다면
얼마나 얼마나 좋을까요

오늘 하루 숨 쉰다는 것
내가 숨을 쉰다는 것
어느 이의 가슴에 향기가 된다면
얼마나 얼마나 좋을까요

오늘 하루 산다는 것
내가 산다는 것
어느 이의 삶에 작은 의미가 된다면
얼마나 얼마나 좋을까요

오늘 하루 행복한 것
내가 행복한 것
어느 이의 얼굴에 미소가 된다면
얼마나 얼마나 좋을까요

얼마나 얼마나 좋을까요

빗소리

내리는 빗소리는
나의 입술이 됩니다
나의 음악이 됩니다
그대의 귀 가까이 숨 쉬는
나의 행복이 찻잔 속에
가득히 넘칩니다

그러나
오래 내리는 빗소리는
고장 난 피아노 소리입니다
그대가 귀를 막을까
걱정이 됩니다

빛 주러 오셨네

빛 주러 세상에 오셨네
참 빛이신 예수님

어두운 세상을 빛으로
갈아입으러 오셨네

동정녀의 몸을 빌려
작은 모습으로 오셨네

왕 중의 크신 왕이
소 여물통에 오셨네

죄인들을 찾아
구하러 오셨네

생명을 주러
십자가에 주셨네

영원한 아버지가
되어 주러 오셨네

빛도 짓고

빛도 짓고 어둠도 창조하셨네
평안도 짓고 환난도 창조하셨네
빛을 주실 때도 감사하고
어둠을 주실 때도 감사하라
평안을 주실 때도 감사하고
환난을 주실 때도 감사하라
하나님이 지으신 모든 것에는
선하고 선한 뜻이 있네
하나님이 창조하신 모든 것에는
선하고 선한 목적 있네

빨간 장미

산책길에
빨간 장미를 보니
꽃 중의 꽃이요
사랑 중의 사랑이라

빨간 장미 한 송이를
못 갖다 바치는 사랑은
가벼운 사랑

빨간 장미를 보면
예수님의 사랑이
생각나는 꽃

장미 한 아름 안고
사랑 고백하러
누군가에게 달려가고 싶다

사랑

유달리 예쁜 너, 그렇지만
소유하지는 않겠어
월래* 너는 자유를 좋아하니까

* 친절했던 '유소월' 님을 생각하며 써 봄.
  시적 의도로 '원래'를 '월래'로 표기함.

사랑의 왕 예수

바람도 고요한 밤에
고요하게 오신
사랑의 왕 예수

있을 곳이 없어
마구간에 오신
사랑의 왕 예수

냄새나는 곳에서
육축 속에 주무시는
사랑의 왕 예수

높은 본체 완전히
벗고 오신
사랑의 왕 예수

개미보다 더
낮아지신
사랑의 왕 예수

다른 방법이 없기에
우리를 살리러 직접 오신
사랑의 왕 예수

죄가 번진 우리 영혼
대수술하러 오신
사랑의 왕 예수

스스로 십자가에 깨어져
우리를 살리러 오신
사랑의 왕 예수

영영 그 길밖에 없기에
자신의 피와 살로 우리의 죄를
떼어 주러 오신
사랑의 예수

사랑하며 살고 싶었습니다

눈부신 봄날에 외출을 나온
꽃씨 하나가 바람결에 날려 땅이라는
한 구석진 가슴에 꽃씨가 노래를 부르며
안착하듯 내가 기다리는 내 사랑 그대도
그렇게 올 줄 알았기에
사랑하며 살고 싶었습니다

어느 메마른 땅에 순정을 바쳐 살겠다며
날아온 작은 꽃씨처럼 나의 사랑 그대도
그렇게 영혼 속속히 젖은 기도의 날개로
내게 오리라 믿었기에
사랑하며 살고 싶었습니다

영혼이 가장 맑을 때 사뿐히 걸어온
나의 사랑 그대를 소중히 맞이하여
사랑하며 살고 싶었습니다

눈부신 햇살에 하얀 빨래를 너는
고운 그대를 바라보면서
사랑의 시를 지으며 살고 싶었습니다

날마다 마음에서 떠낸 새맑은
사랑의 언어들을 그대에게 건네며
넓은 바다같이 살고 싶었습니다

장애로 사슬처럼 무거운 몸이기에
해 줄 것이 별로 없을지라도
들꽃을 닮아 환한 웃음을 보이면서
푸른 나무같이 살고 싶었습니다

그러나
나의 정성이 부족해서
만나지 못했습니다

이제
하늘 것을 사랑하며 살려 합니다
더 많이 사랑하며 살려 합니다

그렇게…

사랑한다 이 말

사랑한다 이 말
너무너무 하고 싶어 우는 인생이 아니면
당신은 감사하십시오

사랑한다 이 말
누구에게나 할 수 있는 목소리가 있다면
당신은 행복해하십시오

사랑한다 이 말
소중한 이 말 한 마디를 하기 위하여
어머니의 태문을 열고 나온
우리들이니까요

사랑한다 이 말
절대 너무 늦지 않도록
기도하고 또 기도하십시오

사랑한다 이 말
듣고 싶어서 기다리고 기다리다가
눈감는 이가 없도록 기도하십시오

사랑한다 이 말
하나님같이 수천 번 수백 번 하는
우리였으면 좋겠습니다

사랑의 아침

세수하는 이의 희망을
옷 입는 이의 깨끗함을
일터로 출발하는 이의
아름다움을 보여 주는
이 아침을 나는 사랑한다

하늘이 예쁘게 보이고
가슴을 포옹하는 설렘
기도의 꽃이 만발하여
무슨 문제든 잘 풀릴 것 같은
이 아침을 나는 사랑한다

살아 있음에

오늘도 살아 있음에
눈 떠서 소망이라는
차 한 잔 마시면
영혼의 배가 든든하고

햇살이 날 사랑한다
고백을 해 오면
이 세상 모든 것이
아름답게 보이며

나의 감사의 기도를
기쁘게 받아 주시는
하나님 따뜻한 마음
최고의 선물이다

상상을 초월한 기쁨이 있으리니

상상을 초월한 기쁨이 있으리니
연습 연습 연습을 하세
기쁨으로 사는 연습을 하세
(기쁨)
상상을 초월한 사랑이 있으리니
연습 연습 연습을 하세
사랑으로 사는 연습을 하세
(사랑)
상상을 초월한 감사가 있으리니
연습 연습 연습을 하세
감사로 사는 연습을 하세
(감사)
상상을 초월한 영광이 있으리니
연습 연습 연습을 하세
영광으로 사는 연습을 하세
(영광)

상처

모래 속에 숨긴 바늘은
찾아낼 수 있어도
이 세상에서 상처 없는 사람 찾기란
하늘에 별 따기

상처 없는 사람 찾지 말고
상처 있는 사람끼리
서로 위로하며 살아가야 하는 것

인생은
상처를 보듬고 사는 것
꽃잎도 상처의 아픔을 아는 것

상처는 아픈 것
위로 못 받는 상처는
더 많이 아픈 것

상처와 사랑

꽃잎에도 상처가 있고
나뭇잎에도 상처가 있고
풀잎에도 상처가 있고
예수님에게도 상처가 있다

완전한 신께도 상처가 있으니
상처가 없는 것에는
존재하지 않는 것은 사랑이라고
쉽게 인정할 수 없어도

죄가 우리를 상처내고 있을 때
사랑이신 예수님이
우리를 찾아오신 것처럼
상처는 사랑을 받아 내는 도구라네

상처는 아프고 괴로운 것
상처는 피하고 싶은 것
그러나
상처 위에 보듬고 안아 줌이 있고
새로운 희망의 속살이 돋나니
상처와 사랑은 떨어질 수 없는 것

상한 갈대와 꺼져 가는 등불

나는 아픈 상한 갈대였네
그러나 주님은 날 쓰시고 계시네
나는 꺼져 가는 등불이었네
그러나 주님은 날 쓰시고 계시네
사람들은 꺾어 버리려고 했지만
사람들은 꺼 버리려고 했지만
주님은 주님은 사랑이 많으셔서
버려진 나를 보혈로 품어 주시고
오늘도 임마누엘하시네
오늘도 임마누엘하시네

새사람을 입자

세상 냄새 풍기는
나를 벗고
새사람을 입자

덕지덕지한 세상 욕심
덕지덕지한 세상 근심
지금 벗고

하늘 가는 기쁨 입자
하늘 가는 마음 입자

주님의 말씀을 입자
주님의 은혜를 입자

새

아무것도 가지지 않았는데
새는 목청껏 행복을 지저귄다

빈 나뭇가지에 쪼그리고 앉아 있어도
힘찬 날갯짓을 하고 나면
주어지는 풍족한 양식

나에게 새가 그러더라
못 걷고 말 못해도
소망의 날갯짓을 잊지 말라고
소원을 말하듯이 그러더라

새해 소망

배려가 배려를
친절이 친절을
서로서로 많이 담아 주는
세상이 되었으면

맑은 물처럼 낮아지고
서로 남을 높여 주는 일에
아름다운 관심이 많은
세상이 되었으면

욕심에 물들지 않고
미움에 물들지 않는
영혼이 원하는 삶을 살았으면

남의 눈에 눈물 내고
자기 눈에 피눈물 내는
이런 어리석은 사람이 없었으면

자기 자신도 모르게
탐욕에 사로잡혀 허둥대는

걸레 같은 인생이 없었으면

거짓은 꿈에서라도 싫어하고
맑은 하늘을 닮고자 노력하며
자기 마음을 잘 지킬 줄 아는
사람이 많은
세상이 되었으면

가난하고 아픈 사람들을 위로하며
사랑과 희망으로 생동감이 넘치는
따뜻한 세상이 되었으면
이런 세상이 되었으면

새해 기도

새해에는
생각이 넓어지고
마음이 깊어지게 하시고
모든 것에 감사하게 하소서

새해에는
오지 않을 사람은
기다리지 말게 하시고
참된 것을 맞이하기 위해
세월을 아끼게 하소서

보잘것없고
볼품이 없어도
감탄할 만큼 소중한 존재임을
알고 살아가게 하소서

새해에는
낮은 데로 흐르는
맑은 물소리처럼
맑은 삶을 꿈꾸게 하소서

새해에는
이런 삶을 살기를 원하오니
하나님이여
하나님이여
들으시고 들어주소서

생명

생명을 품으려고
비에 젖는 산천
흥건히 젖음 없이
어찌 생명이 나겠는가
예수를 좀 보소
온몸이 그의 피로 젖었잖아
생명을 품는다는 것은
땀에 젖는 것
피에 젖는 것
죽음에 젖는 것

생명과 나무

아직
신발 못다 신은 추위가
곳곳에 서 있는데
나무들은 만삭이다
생명을 품은 만삭이다

산부인과에 안 가도
작고 귀여운 생명들을
쑥쑥 잘 낳을 나무들

아무리 춥고 눈이 내렸어도
생명을 품고 낳는 일은
하나님처럼 멈출 수 없네

선한 목자 주님께서

선한 목자 주님께서
돌보심으로 때를 따라
먹이시며 입히시며
푸르른 초장으로 인도하시네
오늘도 인도하시네

선한 목자 주님께서
길을 잃고 상처 입은
나를 싸매어 주시며
푸르른 초장으로 인도하시네
언제나 인도하시네

선한 목자 주님께서
생명 같은 사랑으로
안으시며 업으시며
푸르른 초장으로 인도하시네
영원히 인도하시네

제 5 부

희망

선한 아침

선한 아침을 오늘도 보네
아가의 얼굴에 뽀뽀하며
살포시 앉는 예쁜 햇살
피아노 위에도 밝은 빛
그분의 눈길이 다가와
기쁨도 선물해 주시고
영혼도 안아 주시는
사랑의 손을 닮은
선한 아침을

순간마다 위로하시는 주

순간마다 위로하시는 주가 계시네
날 위로하시는 주가 계시네
사랑으로 물어봐 주시는 주
내가 널 얼마나 사랑하는지
조용히 생각해 본 적이 있니
내가 진 십자가를 바라보니
나의 피 값으로 산 너라서
천하보다 너를 사랑한다
천하보다 너를 사랑한다

아담의 봄

봄 같은 하와를 만난
꽃 같은 하와를 만난
아담의 행복이 들리네
아담의 노래가 들리네
당신은 나의 뼈요
당신은 나의 살이라
아담의 고백이 들리네
아담의 사랑이 들리네
하나님께 감사를 드리듯
에덴에서 들리네
에덴에서 들리네

애인

오가는 사람들 속에
애인과 애인이
세상엔 불행은 없는 거라고
그렇게 서로 속삭이고 싶어
마음 달아 몸 달아
영혼이라도 주는 듯 손을 꼭 잡았다

바라만 봐도 행복해지는 마음
어쩔 줄 모르겠다고
향기 많은 꽃처럼 서로 웃어 준다

애인 가진 사람은
저렇게도 행복하나 보다

영원한 애인을 가진 우리는
더 많이 행복해야 하리라

오늘도 우리 애인은
하늘에서 함께 우리와 살 예쁜 집을
정성 다해 짓고 계시니까

얼마나

얼마나 두렵고 고통스러우셨으면
엘리 엘리 라마 사박다니
나의 하나님 나의 하나님 어찌 나를 버리셨나이까

얼마나 견디기 힘드셨으면
엘리 엘리 라마 사박다니
나의 하나님 나의 하나님 어찌 나를 버리셨나이까

얼마나 괴롭고 목마르셨으면
엘리 엘리 라마 사박다니
나의 하나님 나의 하나님 어찌 나를 버리셨나이까

엄마를 보낸 그 마음을 생각하며

엄마가 떠난 빈자리를 매만지면
자꾸 자꾸만 못해 드린 일만 생각나
홀로 울고 있을 것 같아
눈물 묻는 마음으로 위로를 해 주십사
하나님께 기도드리는 순간도
안심이 안 되어서 서성거리는 것은
때때로 외로워하시던 엄마를
너무 적게 안아 드린
안타까움을 지니고 당분간 살아갈
그 마음이 보이기 때문입니다

오늘 아침 창문 너머 지저귀는
새들은 엄마를 잃었다고
우는 소리로 들리는 이 이명증이
언제쯤 고쳐질지 나는 모릅니다

엄마의 고통을 열고 세상에 나와
잘 익은 사랑을 따먹고 자란
엄마라는 고향을 잃는다는 것은
인생 끄트머리에 하얗게 걸리는
반달 같은 아픔입니다

엄청난 은총

전혀 움직일 수 없는 나에게
이런 나에게 태양은 내 앞에서
오줌을 싸듯이 빛을 싸
나로 하여금 그것을 보게 하고
가슴으로 운반하게 하여서
사랑을 느끼게 하는 것은
엄청난 은총이다
하나님 손에 있는
엄청난 은총이다

목마를 때 마시는
몇 방울의 물이
신선한 촉촉함을 싣고
마음에도 들리고
없어지지 않아
정신까지 보듬는 것은
엄청난 은총이다
하나님 손에 있는
엄청난 은총이다

엘리엘리 라마 사박다니

엘리엘리 라마 사박다니
나의 하나님 나의 하나님 어찌 나를 버리셨나이까
예수님이 고통 중에 물으시네
엘리엘리 라마 사박다니
나의 하나님 나의 하나님 어찌 나를 버리셨나이까
무거운 우리 죄 짊어지시고 높은 십자가 위에서
버림받은 가여운 양이 되셔서 불러 보는 하나님
죄인 인간들을 살리려고 아들을 잠시 버리시는
아버지의 뜻을 순종으로 받들고 십자가에 오르신 예수님
완전한 신이 완전한 인간의 모양으로
목마름을 보이셨던 예수님
인간들을 위하여
모든 것을 다 이루시고 운명하셨네

엘마오 길

구원자 메시아신 줄 알았는데
십자가에 달려 돌아가시니
두 제자가 슬퍼하며 가는
절망의 길 엘마오
소망을 포기한 엘마오
그 길에 동행하신 주
지금 엘마오 길인가
지금 절망의 길인가
주가 동행하시네
주가 함께하시네

여름의 선물

물과 친하고
땀과 친하고
바람과 친하고
그늘과 친하고
뜨거움과 친하고
가을을 기다리는 마음은
하늘로 돌아가는 날까지
사랑해도 좋을 것 같은
여름이 주는 선물이다

여보야

여보야
우리 사랑을 많이 심고 또 심어
산천도 사랑일 때 예쁜 우리 아기
박수로 아장아장 걸어오게 하자

아기가 안 온다 하여
눈물 공주가 된 나의 여보야
우리 사랑이 여기 있잖아

이 사랑을 심으면서
아기에게 줄 예쁜 선물
무지개 따러 우리 손잡고 가자

* 결혼 후 아이를 애타게 기다리는 부부의 마음을 써 봄.

여자는 사랑이다

여자는 사랑이다
여자는 생명이다
여자는 어머니다

사랑이 사랑을 만나고
생명이 생명을 품으면
여자는 어머니가 된다

여호와의 이름에

여호와의 이름에
복이 있도다
복이 있도다

목마른 너희여
여호와의 이름을
부를지어다

배고픈 너희여
천지를 창조하신
여호와를 기억할지어다

소망 없는 너희여
여호와의 이름을
품을지어다

여호와의 이름에
복이 있도다
복이 있도다

연습하세

연습하세 천국 연습
연습하세 본향 연습

세상 걱정 범벅 속에 살지 말고
세상 욕심 범벅 속에 살지 말고

감사하는 연습
기뻐하는 연습

사랑하는 연습
섬기는 연습

천국 생활 연습
천국 말씨 연습

하세하세 천국 연습
부지런히 연습하세

땅엔 영원한 것이 없네

땅엔 영원한 것이 없네
천 날을 두고 찾아도
영원한 것이 없네
안개 속의 안개뿐이라
먼지 속의 먼지뿐이라

시선을 돌려 하늘을 보니
영원한 것이 거기 있네
영원한 소망 거기 있네
영원한 기쁨 거기 있네
영원한 안식 거기 있네

예수님 예수님

예수님 예수님
부르기만 해도 날 안심시키는
좋으신 나의 예수님이 계심에
감사하고 찬양합니다

예수님 예수님
부르기만 해도 날 위로하시는
좋으신 나의 예수님이 계심에
기뻐하고 찬양합니다

예수님 예수님
부르기만 해도 소망이 되시는
빛이신 나의 예수님이 계심에
본향 향해 밝게 웃습니다

예수님이 안 계시면

예수님이 안 계시면
아무것도 있지 않네
벌레가 다 파먹은 빈 세상
자그만 소망도 없네
호흡도 의미가 없네

예수님이 안 계시면
세상이 텅 비어 있네
채울 것이 전혀 없는 공허
마음도 텅 비어 있네
영혼도 텅 비어 있네

예수님이 계시면
기적이 채워지네
맹물이 맛있는 포도주로
기쁨이 채워지네
사랑이 채워지네

예수님이 계시면
생명이 채워지네

고목에서도 예쁜 꽃이
열매가 채워지네
영광이 채워지네

예수님을 믿는다는 것은

평강을 평강을 누리는 것
언제나 평강을 누리는 것
고난의 바다가 입 벌려도
심령에 평강을 누리는 것

너희에게 평강이 있으라
너희에게 평강이 있으라
오늘도 들려오는 말씀에
순결한 믿음으로 화답하며
평강을 평강을 누리는 것

오늘 하루

저녁노을이 묻습니다
오늘 하루
누구를 위해 살았나요

땅거미가 물어봅니다
오늘 하루
누구에게 기쁨 주었나요

나만 나만을
생각한 오늘 하루였다면
내일 내일은

몸살 같은 곰팡이 핀
고달픈 삶들을 생각하며
눈물의 기도하기를 원합니다

오직 주 예수

우리가 부를 이름은
오직 주 예수
오직 주 예수
그 이름밖에 없네

좋은 옷 입는 사람도
해진 옷 입는 사람도
힘 다해 부를 이름은
오직 주 예수

오늘 사는 사람도
오늘 죽는 사람도
맘 다해 부를 이름은
오직 주 예수

그 이름에 생명이 있네
그 이름에 안식이 있네
그 이름에 영광이 있네

우리 갈 본향은

우리 갈 본향은
하나님이 빛이시니
밤도 없고
눈물도 간 곳 없으며
피곤함도 간 곳 없네

우리 갈 본향은
맑은 생명의 강과
생명의 나무
아름답고 아름답다
영광이고 영광이다

이 새벽에

이 새벽에 나의 시집을 읽고
시집 속에서 나를 읽으면서
새날 새아침을 황홀하게 느낀다는
고운 맘이 실린 문자를 받고 보니
고마움으로 물드는 마음을
어떻게 표현할 수 있을까
가을의 고운 단풍이라면
그렇게 표현하고 싶다

20년 전에 내가 시설에 있을 때
봉사하러 오면 내가 있는 방에 들러서
이야기도 나누고 쓸고 닦고 방청소를
해 주던 목포대 여대생
편지도 종종 주던 선한 아가씨
지금은 결혼도 했고 두 아이의 엄마로
경기도에 살고 있다

며칠 전에 나를 생각해 내고
문자 준 것이 너무 고마워서
한 권 나누었더니

친구들에게 주고 싶다며
몇 권을 주문하는 고마운 사람
비록 지금 고난 가운데 있지만
더 단단한 믿음으로
승리하리라 축복하며 기도드린다

울보로 살겠습니다

사람 앞에선 울지 않는
울보로 살겠습니다

하나님 앞에 많이 우는
울보로 살겠습니다

하나님 앞에서는
감사보가 더 좋겠지만
기쁨보가 더 좋겠지만

언제나 믿음 없는 나
언제나 사랑 없는 나
이런 나의 모습 때문에

유대 병정들에게 잡혀 가시던 날
예루살렘 딸들아 나를 위해 울지 말고
너와 너의 자녀들을 위해 울라 하시던
예수님의 말씀이 생각나 울보로 살겠습니다
이 울보를 멀리하지 마소서
이 울보를 멀리하지 마소서

이 육신

장애가 심하여서
방바닥에 엎드려 많이 울었던가
그때는 그랬던가
푸른 나뭇잎 한 개를 만져 봄이
그게 소원이어서 울었던가
그때는 그랬던가
엄마의 등에 업혀서 나간 길에서
보게 된 노란 국화꽃 그 꽃을
두 번 다시 못 보게 되던 날
그게 큰 슬픔이어서 울었던가
그때는 그랬던가
방 천정에 쳐진 거미줄에
걸린 작은 먼지를 올려다보다가
슬픈 표정이어서 울었던가
그때는 그랬던가
나 이제
이 무거운 육신을 벗고
발 빠른 사슴을 보리라
주를 향한 소망 안에서
자유로운 사슴이 되리라

이런 사람은 아름답습니다

누가 위로해 주지 않아도
스스로 위로할 줄 아는
사람은 아름답습니다

누가 손잡아 주지 않아도
스스로 손잡을 줄 아는
사람은 아름답습니다

누가 애타게 부르지 않아도
스스로 내일을 향해 일어서는
사람은 아름답습니다

청소차가 안 싣고 가는 눈물
스스로 눈물을 말릴 줄 아는
사람은 아름답습니다

환경이 빛 등을 켜 주지 않아도
스스로 소망의 등을 환하게 켜는
사람은 아름답습니다

하늘이 바빠 미처 못 안아 줄 때
스스로 안을 수 있는
사람은 아름답습니다

누가 행복을 선물 안 해 주어도
스스로 행복으로 태어날 줄 아는
사람은 아름답습니다

이런 사람은 정말 아름답습니다

입술의 열매

감사의 노래가 푸른 나무 잎사귀같이
내 마음에 살랑살랑 춤추면
찬양으로 춤추는 입술
이것이 곧 입술의 열매

마음으로도 입술로도 감사의 악기 되어
지존하신 하나님을 높이며
그의 신실하심을 전하면
이것이 내 입술의 열매

낮이나 밤이나 긍휼이 많으신 주님으로
안전히 살고 가는 기쁨을
영혼의 잔에 가득히 담아
찬양 드리는 입술의 열매

희망

갓 태어난 아기가 힘차게 운다
우리 엄마 수고했다고
오싹하게 밀려오던 공포는
창공의 새가 쪼아 먹었지
어둠을 걷어 낼 희망은
작은 개미에게도 있는 거야
저 태양이 있는 동안
움츠리지도 마
절망하지도 마
푸른 생각으로 창을 내면
어둔 터널은 잠시 잠깐이야
습관처럼 고민하지 마
희망을 믿어 봐
희망은 애당초부터
너의 가슴팍에 있던 붉은 꽃이야

희망의 봄

고목에도 물이 올라
다시 일어서는 생명력
볼을 비비며 새순이 나오면
눈물이 날 정도로 귀엽고 예쁘다

응달이 지던 곳도
민들레 홀씨에 묻은 햇살이
맑은 웃음으로 세상에 앉으면
희망을 안은 새도 알을 낳는다